兄弟地蔵

瀧 祐二

東京図書出版

まえがき

この物語に登場いたします天界・下界の住人及びその背景に関して、仏教経典、仏教説話、仏教因縁物語等が永きにわたって伝誦せしものである事は筆者も十分承知しておるところでございます。

その意を尊重し、損なう事の無きよう注意を払いました上で、物語の構成上、敢えて創作を施しましたところがあります。つきましては、読者諸氏の寛容なる御理解を賜わります事を心よりお願いいたします。

令和三年

筆者

緑、青藍《せいらん》（青々とした様）たる山あいより出でる湧水は、水面《みなも》に遊ぶ木漏れ日が煌《きら》めき舞い踊る、小さき清泉をつくっておりました。よく目を凝らしますと、その辺りに、ひっそりと佇《たたず》む苔生《む》した小さな御堂《みどう》が一つ。さらに腰を屈め中を覗きますと、何やら大変古びた二体のお地蔵様がお立ちになってお在《あ》します。その二つには身の丈にはっきりとした差がございました。苔の袈裟《けさ》をまとっておいでなので余程注視しなければ、見過ごしてしまうかもしれません。お像の色合いも異なっておりました。背の高いお方は、石英や長石の含みが多いのでしょうか。色白で、低いお方は、きっと輝石などの有色の鉱物が優勢なのでありましょう。浅黒いお姿でございました。

§

古来、地蔵菩薩は、釈迦入滅後、弥勒様が現れますまでの間、地獄道、餓鬼道、畜生道、修羅道、人道、天道の六道を教え導く菩薩として伝わり及びます。倭国においては、子どもや旅人を守る神となり、辻々に像が置かれて信仰の対象となっております。時に子どもに生まれ変わり徳を積み重ねて成長し、後に菩薩に昇られるお姿をお示しになられる事もあったようでございます。いずれに致しましても菩薩は、如来の次に位置する者、崇高な存在として崇められております。それは百鬼が恐れる明王よりも上位であり、その持てる慈悲と力は、計り知れないものでございました。

それはそれは昔の事。倭国がまだ一つではなく、各地に小さな国ができ始めた頃、今の大和に程近い中央の小国の或る村に、サマラという若者がおった。人の良い、働き者で評判の孝行息子であった。時として、気紛れにも天は、そのような善良なる者に、この上もない褒美《ほうび》を遣わす事がある。

このサマラに待望の男子が生まれた。名前をキヨムと付けた。驚いた事に、このキヨム、二カ月も経たぬ内に言葉を発し、歩も儘《まま》ならぬ半年を過ぎた頃には、もう大人と十分に会話ができたという。抜けるような白い肌に、切れ長の眼、瞳は人を飲み込む程の深い輝きを放ち、それはそれは美しい子であった。

彼が二歳になる頃には村を隈《くま》なく巡っては人と話を交わして多くの事物を知り、世を憂いた。時折、大人の喧嘩の仲裁に入る程の見識と判断力を備える者となっておった。そしてキヨムの発する言葉は常に人を唸《うな》らせた。

さて、稲という作物程、自然の理《ことわり》に忠実なものもなかろう。稲作の黎明期《れいめいき》においては、耕作知識やそれに伴う技術の未熟さ、それに稲自体の自然への適応力の弱さも重なってか稔りの良し悪しは、全て〝万《よろず》の神〟の御意向次第であった。

湧水池の近い山あいの地に、ワキナという頑固者が住んでおった。ところで今日は、一里程下った平地の集落から、村長《むらおさ》を先頭に、大勢の若い衆が談判にやって来ておった。

「今年は日照り続きで、我等《われら》、山下《やましも》の住人は水が足らんようになって困っておる。ワキナよ、下に暮らす者《もん》の為に、どうか今少し水を多く流してもらえんかのう？」長《おさ》はできる限りの優しい口調で掛け合ったのであるが……、

「以前に取り決めた通り、山下側の堰《つつみ》を今も開けて、この湧水の水を流しとる。見ての通りだ。わしの所だけを開けているわけでない。これまで通り堰は開いておるだろう。ただ、今年はお天道様《てんとうさま》の機嫌が良過ぎて毎日顔を出しよるに、土がすっかり乾き切ってしもうた。これ以上そちらに水を回したら、今度はうちも足らんようになる。お前さん達に意地悪をしているわけではない」このように主張して、一歩も譲る気配は無かったのだ。そしてさらに続けて「そうだ。忘れもしない。お前さん達は、わしが困っていた時には、少しも助けてはくれんかったのう。どういうわけだか、平地の米は毎年わしの所よりもよく穫《と》れる。一昨年《おととし》、夏がえらく涼しかった。その秋、わしの田は不作で飯《めし》が食えんようになった。そん時、村の者《もん》は誰一人、一粒の米も分けてはくれんかった。わしら親子は仕方なく、山から団栗《どんぐり》を拾うて来て飢えを凌《しの》いだんじゃ。自分達が苦しゅうなってから、今

度はわしに何とかして欲しい言うてもそれはあまりにも虫が良過ぎるんじゃなかろうか？」

一同、御尤《ごもっと》もな話に立ち竦《すく》むばかり。

そこに森の散策に来ていたキヨムが通りかかった。彼は近頃、大自然の中の生き物達の関わりに興味を抱き、森に入ったと思われる。ワキナと村の者のやりとりが耳に入り、見ておると事態が一向に進まぬ。見かねて歩み出た。

「唐突に失礼を致します。一言、言わせて下さい。これはどう見てもワキナのおじさんの言う事が理《り》に適《かな》っていると思います。おじさんが意地悪をしているわけではないので皆さん方は素直に引き下がるのが道理でしょう。ただ、おじさんも一昨年《おととし》の秋は大変苦労をされたようですね。今後、団栗などを拾わなくても良い方法がありますが聞いてくれますか？」四〜五歳程の子どもが何を言い出すやら一同驚きを隠せなかった。特にワキナは欲の皮がつっ張った者であったので、この提案には一層興味を抱いたのである。

「お前か、サマラの子倅《こせがれ》というのは？　中々の切れ者と噂《うわさ》されておるようだが、大人の話に首を突っ込むとは小賢《こざか》しい限りじゃのう。愚にも付かぬ話だったら、わしん家《とこ》の用を一週間みっちり手伝ってもらうがよいか！　今だったらまだ逃したるが……！」

「勿論ですよおじさん、ぼくは嘘が大嫌いです。今から言う事が間違いだったら、どんな用でも致しましょう。これから私の話すことを聞き入れてくれたら、おじさんも村の人達もきっと救われる筈ですよ。

〈キヨムの話〉

「ところでぼくが調べた所、稲という植物は冷たい水では育ちが悪い性のものなのです。元々ここより、はるかに暖かい所に生えていたらしいのです。そうですね、この村は稲が育つことができるギリギリの場所でしょう。特に水が冷たいとさらに実りが悪くなる。

そこで、大きな池を作り、山から湧き出る冷たい水を一旦そこに溜めて温かくするのです。しかも常に水がいっぱいに溜まっていれば、たとえ日照りが続いたとしても、そこから少しずつ下方へ水を流してやれば村に水が途絶える事がなくなります。但し、大事な事がもう一つ、今までのように用水路が土では駄目です。水が浸み込み流れがのうなるからです。大変な事ですが、溝を石で囲ってやらねばなりません。これが完成したら、いつだって温かな水がワキナのおじさんの所にも村にも行き渡ると思います。そのような大きな溜め池や石の水路など、今まで誰もつくった事がありませんし、とてもおじさん一人ではできません。村人総出でつくらんとね、ぼくも手伝います」と小さな両手を広げて見せた。ワキナだけでなく長《おさ》も若衆も一同が目を丸くしてこの幼子の智恵に驚いた。そして全ての者が彼の案に同意し、老若男女、力を合わせて、大きな溜め池と石の水路を作り上げたのである。以来、この村の田は勿論、ワキナの田にも、地に頭をつけんばかりの立派な稲穂が稔ったという。

この出来事は、隣村にも、そしてさらにその隣村にもまたたく間に広がり、人々のキヨムへの関心が高まっていった。多くの村では、何か困り事が生じるたびに、このキヨムに相談を持ち掛けるようになっておった。そして驚くべきは、その全てが解決の方向に進んだことである。いつしかキヨムは仏の生まれ変わりと称されるまでになっておったが、人がどんなに褒《ほ》めそやそうと、彼は驕《おご》るという事はなかった。常にサマラの子として分を弁《わきま》え、父に従い、日々の生活の中で父と母を手伝った。

キヨムが五歳の秋、サマラは二人目の男子を授かった。名をリピトと言い、兄の容姿とは全く異なり、目は大きな団栗眼《まなこ》で手足はケヤキの大木にも負けぬ太さであった。兄程ではないにしても一年も経たずに人と会話ができたという。そして何よりも兄との大きな違いはその底知れぬ怪力にあった。

三つ巡った秋。収穫を祝う祭りの事であった。村の中央広場にはいつものように大きな丸太が幾重にも組まれ、そこに火が放たれた。天をつく大きな炎が、そこら辺りを昼にも劣らぬ明るさで照らし出す。その明かりによって、村人達の祝酒にうかれ上気した赤ら顔がはっきりと見てとれる。男も女も老人も子どもも陽気に歌い踊る。一年の内で最も喜びの濃い楽しい時がやって来たのだ。

ところで、この時代、田や畑を耕す使役獣が大変重宝されておったが、この村では、その中に一際大きく気性の荒い漆黒の牛がおった。ここのところ、やっと落ち着きを見せるようになり農作業を熟《こな》すようになっておったのだが、根にはやはり荒いところが残っていたらしい。

祭りの酒に酔った数人の若者が松明《たいまつ》をかざしてこれをからかったから始末に負えない。黒牛は猛烈に怒って明かりを持った男目掛けて追いかけて来おった。男は灯を放り出し、慌てて逃げた。そして行き着いた先が何と広場の中心であったのだ。今まで踊りに興じていた村人は逃げ惑い上を下への大騒ぎとなった。人々はてんでに散らばったのだが、何と小さな女の子が一人、逃げ遅れ中央にポツンと残されて、泣き叫んでおった。その泣き声に誘われてか、暴れ牛はこの娘目掛けて突進して来た。全ての者が目を覆った、とその時であった。村の者は一瞬、何が起きたのかわからなかった。それはそれは大きな砂嵐が辺り一面を覆い尽くしたからである。次第に浮遊していた砂塵《さじん》が地上に舞い戻ると、事の真相がくっきりと姿を現したのであった。中央には、大きな黒牛が一頭横たわっており、時折、その者の鼻穴から荒々しく噴出する呼気が地上の土ぼこりを舞い上げていた。そして横腹の上にはリピトが仁王の如く立っておった。そのそばには少女が泣きじゃくっていた。

その後も彼の武勇伝は留まるところを知らなかったのである。

招かれざる者

さて、兄キヨムの様々な貢献によってこの村は、小国随一の富裕な村となっておったが、一方、近隣の村々を次々に荒し回る野盗にとっては恰好の標的となってしまった。

キヨム九歳、リピト四歳の秋であった。

「今年も（サマラのいる）この村は豊作だ」

話を伝え聞いた野盗共が村を狙うとの噂が流れた。族は少なく見積もっても二百人。鉄でできた槍先や刀を有し、喧嘩で鍛え上げられた兵揃《つわもの》い。日頃農具しか持たず穏やかに暮らす村の者達では到底力の及ぶものではない。これまでにも多くの村が襲撃を受け、彼等の理不尽で不条理な侵略に対して、全く歯向かう事ができず、じっと耐えるしかなかったのだ。米は勿論、収穫した全ての作物、布や皮や飾り物、さらには家畜に至るまで根こそぎ奪い取っていく。非情にも若い女や子どもをも平気で攫《さら》っていく。そして攫われた子ども達は何年か後には、盗賊に成り下がって再び村を襲うのである。

村の長《おさ》はすぐさまサマラの家へと赴き、息子のキヨムに相談を持ちかけた。しばらくの時が過ぎ、彼は顔色一つ変える事もなく長に向かって説き始めたのである。

「野盗が来襲する日どりとその頭数《あたま》がわかれば村を救うことができるでしょう。そして、その者達を根だやしにする事さえ可能です」

長は、すぐに飛んで帰り、近隣の村々から、被害の情報を隈なく集めた。数日後、それをキヨムに報告したのであった。

「なる程、わかりました。今から作戦を立てますので、これから私の言う通りに動いて下さい。

まず今年の収穫が終わってから秋祭りまでに川辺りにある広場に大きな穀倉《こくぐら》を作りましょう。その中に村中で穫れた米や作物を全て保管するのです。隣には、女、子ども、老人が身を隠す小屋も建てて下さい。そうですね、村中の家畜が入る納屋も必要でしょう。それ等が完成したら今度は、周りに囲いを巡らし、固い樫の枝を削り尖《とが》らせ被い尽くすのです。これで構えは万全です。次に裏山に自生する真竹を八尺程に切って先端を尖らせた長槍を作ります。村人一人に二本ずつ持たせて下さい。これで軽くて丈夫な武器ができます。穀倉に通ずる道は、両側が丘になっていますね。さらに後ろは川です。背後から敵は襲っては来られません。さて、ここからが肝心です。手間が掛かりますが、両側の丘の上に、大人、数人でなければ動かせないような大岩を数十個並べて下さい。村の男衆の半分は、この並べた岩を落とす係、残り半分は棘囲《とげかこ》いの中から長槍で野盗どもを突き刺す係です。八尺程もあれば囲いの内側からでも十分に攻撃ができます。女、子ども、老人は小屋から出ぬように呉々も注意を払って下さい。家畜は火や音に敏感であるので納屋にかくまうように。ただ、何者をも恐れない豪胆なる牛は、頼りになる味方、特に弟が組み伏せたあの暴れ牛はきっと大活躍をするでしょう。伝えて頂いた情報から推し量るに、収穫が終わるまで、野盗は襲っては来ないでしょう。奴らには、自分で作物を育て、刈り取り、自然の恵みを感ずるような情などありません。常に楽をして人から財を奪い取ろうとする輩《やから》だからです。人の心をも踏みにじる行為は決して許されません。いつの日か、きっと天罰が下りましょう」

子どもとは思えぬ確信に満ちた力強い言葉に村長《おさ》は、何やら既に救われたような気になっておった。それで安心して村人を先導することができたのである。収穫を終えてから秋祭りまでのおよそ一カ月間、人々は疲れを忘れて、村長の言葉に従った。中でも苦労したのが長槍の訓練。心優しい彼等にとって人に武器を向ける事自体、意に沿うものではなかったからである。さらに大変であったのは、丘の上に大岩を運び上げる作業であった。その折、一番、力を発揮してみせたのは、他ならぬリピトであった。まだ四歳の小僧っ子が大人数人がかりでやっと動くような大岩を、一人で楽々と運び上げてしまうのである。結局この作業の半分を彼が請け負った。

村人は、兄キヨム同様、このリピトも仏の生まれ変わりと信ずるようになっていったのである。

秋が深まり、虫の声もか細く、己の寿命を予感するようになった頃、この村の祭りが始まる。今年は最大の心配事を抱え、誰しもこの慶事を心底祝えるような気分ではなかったが、広場に煌々と焚き上がった炎は、村人の心とは裏腹に、川辺りに自生していた黒松よりも高く舞い上がった。そして打ち鳴らされる祭り太鼓は、前方の丘をも揺るがすばかりに響き渡っていた。目を凝らせば、火の周りで村人は人っ子一人踊ってはいない。何と太鼓を打っていたのは四歳になったばかりのリピト一人。男衆の半分は、女、子ども、年寄りと一緒にこれから起こる戦いに備え小屋で身を潜めていた。そして残りの半分は、キヨムと共に、丘の上に登った。そのような状況を露も知らず野盗の大群は、この村を襲わんと、鳴り響く太鼓の音を頼りに祭りの火を目指して怒濤のごとく押し寄せて来た。広場の後方は深い川、奴等の経路は唯《ただ》一つ、丘の下を通る道しかなかった。そこを抜けやっとたどり着いたかに見えたが、広場には囲いが張り巡らされていた。その瞬間、その異様さと、ただならぬ殺気を悟ったのであるが、既に勝負はついていた。

太鼓をたたき続け、十分に野盗共を引き付けておいたリピトが大声で叫んだ。「かかれ！」小屋から一斉に長槍を持った男衆が跳び出して来て、棘囲《とげがこ》いの中から族めがけ突き立てた。前陣の殆どは、その一撃で倒れた。頭《かしら》と参謀と思しき者数名は馬に跨がっていたが、今までとは勝手が違う状況を察してか、早々に身を翻《ひるがえ》し、現難の乗り切りを図った。しかしそれを見逃すリピトではなかった。彼は黒牛に跳び乗るや、他の牛も引き連れて突進した。牛の勢いそして気迫は馬などとは比べようもないもの。その鋭く尖った角を馬の脇腹へ次々に突き立てる。参謀を乗せた馬は翻筋斗《もんどり》打って倒れ込み、その殆どは首の骨を折って絶命したのである。それでも一命をとりとめて逃げる族は、半分に減って百余名、今度は丘の上からキヨムの号令が轟《とどろ》く。と同時に大きな岩が転がり落ちて来たからたまらない。岩は周りにあった石や土砂の全てを巻き込み、粉塵を巻き上げながら滑り落ちて来た。正に雪崩の如く丘裾《すそ》全体が動き出し、ことごとく族を飲み込んでしまったのだった。それでもしぶとく生き残ったのは、頭《かしら》の一騎のみ。駿馬に任せて逃げおおせるかに見えた。と、そこに闇より出《い》でたる黒牛一頭、背中にリピトを乗せていた。それが今正に駿馬めがけ突進して来た。大きな角が馬の左脇腹を掠《かす》めた。しかし、相手も音に聞こえたる名駿、そう易々と刺されるものではない。すんでの所で身をかわしたのだった。しかしこの動きは手綱では到底捌《さば》き切れるものではなく、頭《かしら》は弧を描いて鞍から放り出された。これを見るやいなや、黒牛に跨《またが》っておったリピトも牛から飛び降り頭にとびかかる。勝敗は一瞬であった。闘いの激しさを物語る砂塵がおさまった時、人々は驚きの光景を目の当たりにしたのだった。それは、胴体から無惨にももぎ取られた頭《かしら》の首を彼がその小さな手でしっかりと握っている勇姿であった。

悪業の限りを尽くした野盗どもは、この戦いで根絶《ねだ》やしにされ、以来この小国では、村を荒らし回る不埒《ふらち》な輩《やから》は一切いなくなったという……。

鬼子母神

稲作を行う者の生活が安定し、近隣に争いもなく家族が仲睦まじく夕食を囲む習慣ができつつあった頃の話である。南方の或る小国より不吉な話が伝わって参った。それは海辺の村で、幼子が毎日のように神隠しに遭《お》うているとの事であった。今まで手塩にかけて大切に育てて来た我が子が急にいなくなる。案ずるには気も早かろうがこれからの厳しい生活を支えてくれる貴重な担い手を奪われてしまったのだ。それらを考えるに、親の落胆振りは想像に余りある。その（海辺）村より山方に向かう事二里、山の麓のとある村に、働き者のトヨステという男がおった。今は、母と嫁と娘の四人暮らし。夫婦の間には中々子どもができず、この愛娘は十年目にしてやっと授かったのであった。娘は既に二歳となり大変賢く優しい娘であり、まだ歩もおぼつかない者が、嫁の後を追い、見よう見真似でよく手伝いをしてくれた。トヨステにとっても待ちに待った念願の子どもとあって、毎日一回は膝の上に乗せ抱きしめてやらねば治まらない。それ程の可愛がりようであった。

一日の作業を終え、安らぎが身に染む夕食の事、トヨステの母がしばし箸を止め、表情を曇らせて語り始めたのだ。

「トヨステよ、近頃は、周りが物騒になって来おったげに、お前も気を付けんとあかんぞ！　この間、魚の行商に来よった婆さんが言っておったんじゃが、海辺の村ではこのところ神隠しが続いておるそうじゃ。昼だろうが夜だろうが毎日のように子がおらんようになる。また犯人の見当もつかぬらしい。このままではその村には幼子が一人もおらんようになってしまう。

恐ろしいこっちゃ。親御は、この降って湧いた災難に途方に暮れておるそうだ。そん中には気を病んでしもうて、夫婦揃って首を吊った者もいるらしい。隣村と言うても、ここから二里と離れておらんしのう。いつこの村にも被害が及ぶかわからん。恐ろしいのう。呉々も気を付けんとのう」いつものように胡座《あぐら》の中に愛娘のミナエを抱え、食事を摂っていたトヨステは、思わず食べるのを止め、すぐに反応をした。「おっ母、わしはどのような時も、このミナエから目を離した事はないわ。余所《よそ》の連中は、油断をするから攫《さら》われるんじゃ。子どもが可愛かったら、野良仕事しとっても目を皿のように開けて気を配るのが普通じゃろ！」このやりとりを先程から黙って聴いていた嫁が二人に割って入った。

「今朝、実家の母が来て、忠告していきました。この村も樵夫《きこり》のワテガの倅《せがれ》が一昨日から見えんようになって皆で捜し回っておると。お前さんも知っての通り、ワテガは子煩悩な男や、いつだって倅と一緒に山に出とる。息子は父親の仕事をする脇で、木の実を拾ったり、薬草を摘んだり柴刈りをする。その間でも、鹿皮で編んだ長い命綱を付けて、離れんようにしていたそうだ。ところが、息子が用を足しに行く言うて、ほんの一時、綱を解き離した隙に、もうどこにもおらんようになってしもうたらしい。狂ったように、そこいらを捜し回ったが見つからなかった。後から村の衆も捜索を応援してくれたが無駄であった。今でもワテガは毎日、山に入り、捜し回っておると、不憫《ふびん》で不憫でやつれ果てた彼の顔を誰もまともに見られんと。きっと自分を責め続けておるんじゃのう。とうとうこの村にも神隠しが押し寄せて来たという事じゃ。私達も気を付けんといかんのう。おっ母《かあ》もあなたも注意して下されい」

翌朝、いつものようにトヨステは畑に出かけ、昼までにセッセと作物の手入れをした。昼飯が済むと、午後は、娘のミナエを連れて裏山に入った。初夏を迎えたこの時期、木の実は生《な》っておらずとも様々な野草は立派に生《は》えており、クロモジ、チドメグサ等の薬草も山野を覆っておった。これらは怪我の手当てに用いる。クコやクチナシは疲労回復には効果が絶大であった。年老いた母や働き者の妻もそれらを当てにしておった。

それは、ほんの僅かな隙をついた出来事であった。トヨステは珍しくも岩肌に張り付いていたチドメに手子摺《てこず》った。手前にある岩を乗り越え目標に達しようと、娘と繋いだ命綱を解き、全神経を草に集中させた。目当ての草を片手いっぱい握り締めたその瞬間、強烈な眠気に襲われた。すぐに我に返り、振り返ると、ミナエの姿が見えなくなっていたのである。彼は腰が抜ける程仰天し、その場で放心してしまった。しかし気丈な彼は、すぐにも気を取り直し、あたり一帯を捜し回ったが見つからなかった。ふとその時、北の方角に娘の泣き声を微《かす》かに感じたような気がした。一目散に走り出した。彼の鍛え抜かれた足も相当なものであるのだが、人の子を抱えながらも逃げる賊の走りはさらに上手《うわて》であった。礫《れき》が転がる山路、生い茂る草木をものともせず、まるで宙を浮くが如く、擦り抜けて行く。それは明らかに人の成せる業でなく、想像を超えた俊敏な獣か、いやそれ以上の霊体のような存在を思わせる程であった。そして、彼の目はほんの僅《わず》かであるが賊の後ろ姿を捕らえたのであった。うっすらとした幻影のようであったが、長い髪が棚引いて、女性《にょしょう》と思しき姿であった。そして驚いた事に、擦り抜けたミズナラの木と比較をすれば、十尺を優に超える背丈であった。このような大柄な女性はこの地上にはおらん。一体何者であるのか、一抹の不安がよぎっていった。

斯《か》くして別世界の者であるかの大女が実際何者であるのかは、人々の憶測の域を出ないのであったが、人智を超えた世界の恐ろしい敵である事は疑いのない事実である。何せ、いくら防御を巡らせても、いとも簡単にそれを擦り抜け、子どもを奪《うば》って失《う》せる。しかも誰からも見られる事もなく。ただ今度だけは、トヨステに逃げる後ろ姿を垣間見られたのだが……。そしてそのトヨステにしても、はっきりと顔を見たわけではなかった。

トヨステは、狂ったように娘を捜し回った。どんな些細な情報でも手に入れようと、一番初めに大きな被害を被った海辺の村へ赴《おもむ》いた。そこで子どもを攫われたという家を一軒一軒隈なく訪ね回った。この村では、六十人程もいた幼子全てが攫われたという事であったが、めぼしい情報は得られずにいた。諦めかけていた頃、丁度五十三軒目の家を訪ねた時であった。そこの主人《あるじ》の証言によって初めて彼の記憶の断片が繋がり始め、事実が見えて来たのである。

「うちの大切な息子を奪った奴は、化け物みたいにでかい女だった。この村でおらと同じ被害に遭った者に聞きよるに、皆、ひどい睡魔に襲われて、不覚を取ってしもうたという。今さら、いくら悔いても悔やみ切れん。わしが目を開けた時、息子が連れ攫われて行くのが遠くに見えたんじゃ。しかし、どういうわけか足がもつれて上手《うま》く運ばない。それでも足を引き摺りながら全力で追いかけて行った。奴はまるで宙を浮くがごとく、スイスイと林間を通り抜けて行く。距離は一向に縮まらん。それどころか離されおった。力尽きる前に、もう一度、息子の姿を見届けようとして顔を上げたんだが、その時、子どもを抱える腕の脇から、奴の大きな乳房《ちぶさ》が覗いて見えた。奴は女に違いない」

この話を聞いてトヨステは己の抱いていた確信をより強固なものとした。彼は自問をしていた。では一体この大女はどこの住人で、なぜこのような悪業を重ねるのかと。しかし皆目見当もつかなかった。そして攫われた愛娘のミナエは、どのようになってしまうのか。最悪の結末も頭をよぎり、悩みに悩み、真実を知ろうと決心したのである。

トヨステは今や仕事が手に付かない。自分の幸せを奪い去ったあの魔物の正体を突きとめ、見つけ出し、娘を取り返したい一心であった。彼は自分の村に戻り、村一番のもの知りとうたわれ、未《いま》だに、山に籠もって修行を続ける白老仙人を訪ねた。

全ての生き物には、それぞれ定めし寿命というものがある。トヨステが生きておった当時、人はどのように足掻《あが》いても、四十そこらで天寿を全うしていたのだが、この白老仙人と呼ばれし者には、その道理が通用しなかった。体内に組み込まれている特別な因子が作用していたのか、とり分け呼吸や鼓動がゆっくりであったのか定かでないが、個体の変異の域をはるかに超えた特別な生命力を備えていた事は確かであろう。

彼が経験と知識を買われ、村の長《おさ》となったのは既に四十を過ぎた頃。それから今の長《おさ》に替わるまで、四十年間も村を治めていたという。

周りを見回せば、代が三つも変わり、己の運命を呪《のろ》って山に籠《こ》もったのが八十の時であった。二十年の修業の末、大自然の理《ことわり》を悟って仙人となった。百歳の百に一歩謙《へりくだ》って白老仙人と名乗る。正に森羅万象を知り尽くす唯一無二の存在と相成ったのである。

白老仙人は、愛娘を奪われ、傷心を背負い彼を頼りにここまでやって来たトヨステに応えて、次のような話を始めたのだった。

「そなたの話を聞いて、私が思うに、その者は、天界の住人に相違ない。天界の者は、我々下界の者とは比べようもない程に、智恵も力も、全てかけ離れておる。例えば、身の丈一つとっても優に人の二倍はあるという。

そなたが見た女は間違いなく天界からやって来たのだろう。だが、何の為に何人もの子を連れ攫っていくのかは、わしも見当が付かぬのう。そうだな、一つだけ良い事を教えて進ぜよう。この山をさらに分け入ると、清水が湧いておる所がある。そこに棲む大山ガエルは、天界と下界とを何年も往復《いきき》しておると聞く。その者に尋ねればお前の求める答えが得られるかもしれぬ。ただ一つ心得る事があってのう。とても気難しい奴だから、自分の気に入った応答ができねば口を利く事はない。奴に取り入る手段としては貢ぎ物が大事じゃぞ。さらに奴の気に入るようなところを褒め称えんといかん。どのように振る舞うかはお前次第だ。わしが観るに、お前は中々賢い者だ。なぜなら今日、土産として持参した桃は、わしの大の好物じゃ。桃はこの山奥には自生せぬもの、古来より不老不死の果物として仙人の最も好むものじゃ。それを知ってか知らいでかわからぬが、お前はわしの心を射抜いたのじゃ。己を信じて一つ頑張ってみよ！　幸運を祈っておる」

仙人に背中を押されたトヨステはさらに山の奥へと分け入り、大山ガエルの棲む清泉を目指したが、その者に会う事ができるのか、そして何を手土産に持参したらよいのかも真剣に悩んでいた。仙人が〝山奥では手に入らぬ〟と言って喜んでくれた事が、意味深き暗示に思えて、泉から遠く下った所の風景を思い描いてみたのである。

泉から溢れる水は瀬を作り、山あいの谷川となり、やがて大河へと繋がる。そしてその大流は海に注ぎ出《いで》る。海に出る手前には汽水と呼ばれる領域があり、真水と塩水が交じり合う。ここには山に棲むカエルがかつて味わったことがない小さなヌマエビが棲息している筈だ。彼は急に向きを変え、一目散に川を下り汽水域にたどり着くと網を放った。何種類もの魚や虫共が網の上で舞い踊ったが、カエルが口にするにはどれも大き過ぎた。そこで藻が多く生い茂る川辺りの浅瀬に向けてもう一度網を放った。すると驚くことに、そこには銀色に光り輝く小エビが無数にうごめいていた。それを用意しておいた竹筒に詰め込むや再び、山奥にある清泉へと向かったのである。河岸の礫《れき》が大石と成り、さらに岩へと移りゆくに従って、川幅はせばまり、反してせせらぎの音は大きくなっていく。そして瀬音が極限に達し、暫くした後、急に音が止む。そこに清らかなる水を湛えた泉が現れた。その中央部に、底砂利を噴き上げては砂の舞いを繰り返す湧き出し口を、はっきりと見出す事ができた。

「ここじゃ、ここにあの大山ガエルが居るに違いない」とトヨステは確信した。

〝自分の気にそぐわねば口を利いてくれぬだろう〟とても気難しい奴だと仙人が言っていた事を思い起こしていた。そのような性格であれば、通り一遍の呼び方では、返事すらないだろうと憶測を巡らし良き手立てを導かんと頭の中で奮闘していたのである。意を決して踏み出した。周囲の深く生い茂った草を掻き分け「大山ガエル、大山ガエル」と呼ぶも返答なく、次に声の調子を上げ、少し煽《おだ》てて「大山ガエル殿、大山ガエル様」と称したがこれもはずれか何の反応もない。その後も、「カエルの君、カエル大明神、カエル神様……」と持ち上げても水面には細波一つ立たなかったのである。ここまで苦労を重ねて来ておめおめと帰るわけにもいかず、苛立《いらだ》ちを覚え、やけを起こし幾つかの汚い言葉を浴びせてしまった。「イボガエル、クソガエル、ガマガエル、やーいヒキガマ野郎、少しは私の気を引いてみろ。折角持って来た美味しい土産をやらんぞ！」と、偽りのない気持ちを正直に吐露したのだ。もう駄目か、竹筒一杯に詰め込んだヌマエビは無駄になってしまう。そう落胆し、諦めかけて帰ろうとした時であった。今まであれ程透明であった泉の一点が俄《にわか》に濁り出し、その中より、大きなカエルが姿を現したのである。カエルやイモリの類いでは、この世で一番大きなオオサンショウウオをも上回る、何とも醜いイボだらけのカエルであった。

「そなたか、わしの名を呼んだのは？　わしはこの大山に棲む魔性のヒキガエルだ。

ヒキとは引き寄せるという意であり、わしらの仲間は皆、〝気〟を放ち獲物の虫を引き寄せ食べる。その中でもわしの持つ能力は秀でておってな、その〝気〟は全ての生き物に通用するのだ。外敵をも自由に繰《く》り、難を逃れ、今日まで生き永らえて来られたのじゃ。わしらヒキガエルはせいぜい十年の寿命じゃ。命が尽きればこの泉の底に沈む。しかしこの老いぼれは何年経とうが死ぬ事ができなかった。十年が二十年、三十年と年を重ねた。最長寿を誇っておった石亀《イシガメ》の爺さんですら百歳で、天寿を全うし泉底の土と化してしもうたがわしだけが一人残され、さらに百年、もう二百歳になりおる。人々が稲作をはじめたのが丁度わしが生まれた頃であった。百年を過ぎ、多くの村がこれを取り入れて、こぞって米を作るようになったが、お天道様の機嫌次第で豊凶が決まる。以来人々は毎年、豊作祈願にこの泉にやって来てわしに祈るようになった。わしは既に魔性の者となっておったので、この世と天界との往来《いきき》を許されておった。人間の願いを神に届けて百度となる。さて、お主がこの私を訪ねに来た理由は何だ？　如何なる〝願い事〟をわしにするつもりであろうか？　正直に申してみよ。今までわしの名を〝ヒキガマ〟と正しく呼称した者はおらんかった。お前が初めてじゃ。褒美に願いを聞いてやろう」

「はいヒキガマ様、私はこの山の麓《ふもと》に住まうトヨステと申すものでございます。

一つだけ教えて頂きたい事があって参りました。実はここに来る前に、白老仙人という方に会って参ったのです。その方がおっしゃるには、私の知りたい事を知っておられるのは、天界と下界の往来《いきき》を許される貴方様をおいて他にないであろうと申されまして……。さらに、タダでは失礼であるので、必ず手土産を持参せよと助言されました」大山ガエルは興味を持ったのか薄く透き通った瞼《まぶた》を大きく一度裏返し、続いて、長くて太い舌を目にも留まらぬ速さでほんの一瞬の内に、出して引っ込めた。それは恰《あたか》も獣が獲物を捕らえる時に示す舌なめずりのようでもあった。

「実は、ここ数カ月の間、近隣の村々の子どもが神隠しに遭っているのでございます。初めに狙われたのは海辺の村でした。そこから段々と広がり、川を上がってとうとう山麓の私の住む村へと被害が及んで来たのでございます。お陰で村には子どもがおらんようになって、親は毎日悲嘆に暮れております。そしてついこの間、私の娘も攫われてしまいました」大山ガエルはやや首を傾《かし》げて、「これだけの神隠しが立て続けに起きておったのだから皆は警戒をしておったろうに、どうしておめおめと子どもを奪われるのじゃ？　お前を含め戯《たわ》けとしか言いようもないの！」「その通りでございます。親として本当に情けない奴です。何の言い訳もございません。娘には死んで侘びたい。しかしこの仇を取らぬ内は、死んでも死に切れません。

ただ思い返すと、私と娘ははじめ頑丈な鹿皮の紐で繋がっていました。手前の岩を越えるため、しばし紐を解き、目的の薬草を掴んだその時に強烈な眠気に襲われ振り返ると娘の姿がありません。しかし遠くに娘らしい少女の叫び声が聞こえ、微かに賊の衣がたなびくのを認め、一目散に追いかけました。

しかし化けもののように大きな女は、娘を小脇に抱えたまま、音もなく、まるで宙を浮くように木と木の間を上手に擦り抜けて行くではありませんか。山で鍛えた私の足でも追いつけぬ速さでありました。白老仙人様は私の話を聞いて、その者は下界（地上）の者ではない。きっと天界にいる者に違いない。それなら天界を知る大山ガエル殿に聞くのが一番であるとおっしゃられ、こうしてここに参ったのでございます。何か心当たりがおありであればぜひ御聞かせください」

「中々興味をそそられる話であるのぅ！　確かに天界に暮らす者は、地上の者よりはるかに大きくての、人間の二倍以上はあるだろう。そなたが見たという女の走り去る様子からして、とても下界の者ができる芸当ではない。ところでごく最近、天界に昇った折、面白い話を小耳に挟んだ。そなたに話して進ぜようが、ここからはタダではのぅ。こうみえて、わしも日々苦労しておるでのう。お前が言っておった手土産とは何かのう？　気に入らんかった時は、残念だが、そのまま帰るがよい。わしもこれ以上、そなたに付き合う暇もないでのぅ」

「ヒキガマ様、ここに竹筒がございます。この中に何が入っていると思《おぼ》し召しますか？　実は、このような奥深き山あいでは、絶対に手に入らぬ、小海老がぎっしりと詰まっておるのでございます。汽水にしか生棲せぬ、極上のヌマエビでございます。良かったら、十分に御賞味頂こうと持参致しました。如何致しましょうか？」大山ガエルの眉が微かに動いた。

「トヨステと申したか？　其方、気が利く者と観た。よろしい。話を続けよう。お前が見た者は、紛れもなく天界の者であろう。その方は、毘沙門天様の部下で知られる武将、夜叉大将パーンチカ様の妻であるハーリーティー様という夜叉であろう。天界と下界では根本の基準が大分かけ離れておるので、これから伝える話は虚言であると思わず、心して聞くがよい。お二人の間には、五百人以上のお子がおってな。その中の半分はまだ乳飲み子じゃそうだ。毎日乳をせがんでおる。良《い》い乳を出す為には、たくさんの栄養が必要じゃが……。召使いの邪鬼が『人の子を食べると良い乳が出る』とハーリーティー様に耳打ちしたらしい。下界に下って子どもを捕らえては食べる内に、とうとう鬼夜叉と化してしもうたという事じゃ。この話は天界でも噂になっておったのだが、とうとうこの麓《ふもと》にまでもやって来おったか。困ったものよのう……。ところで、お前の娘が攫われたのはいつのことじゃ？」

「三日前の昼メシを済ませた後のこと」

「そうか、はっきり言うて生還は殆ど望めないのう。皆、新鮮な内に、食い殺されると聞いておる。諦めた方が良いじゃろう」

「いいや、娘はとても頭の良い子です。何かしら生き残る方法を考えていると信じております。娘のミナエが死ぬわけはない……。天界へ昇ってその夜叉とやらを退治し、娘を助け出す手立てはないのでしょうか？　是非ともお教え下さい。私にとって娘は自分の命と引き換えても惜しくない神よりも大切な者故」

「馬鹿を申すな。人間ごときが天界の者を殺める事など、できる道理もなかろう。いくらお前が剛力であっても指一本触れる事もかなわぬわ。その行為に及んだ途端に、その胸板を串刺しにされ、こと切れるのが落ちじゃ。しかも旦那が毘沙門天様の御家来衆パーンチカ様とあっては、お前だけでは済まぬ、一家全てが手も足も頭までも捥《も》がれバラバラにされてしまうじゃろう。残念だが、この所業は、鬼夜叉となったハーリーティー様の乳飲み子が大きくなるまで続くであろうのう。その間、人の子が次々に攫われ餌食となるのを黙って見ておるのも忍びない事だ。そうであった、この山の裾から東へやや下った村に〝仏の生まれ変わり〟と噂されておる、二人の兄弟がおるらしい。サマラの息子で名をキヨムとリピトと言いおったな、近くへ行き村人に尋ねればすぐにわかる筈じゃ。駄目で元々と承知して尋ねてみるがよい！

可哀想だが娘の命は助からぬじゃろう。しかし親として人として其奴《そやつ》の所業は許すわけにいかんじゃろうな！」この大山ガエルが、自分にとって他の世界である人間の事にどれだけ同情したかは定かでないが、少なくともヌマエビを受け取った顔は満面の笑みが零《こぼ》れておった。そしてその時、彼が示した二人の兄弟が、この先どれ程トヨステの願いを叶える力を持っているかは誰一人想像だにできなかったのである。

トヨステは、すぐに瀬を下り、裾野に出た。そして、さらに少し下った所で、耕作に勤しむ農夫に兄弟の所在を尋ねると、首を一つ大きく縦に振り、彼等の家の方角を指し示した。

トヨステは、村人の誰もが二人の兄弟を知り得ている事に、安堵の気持ちが少し湧き上がった。家は杉板と藁《わら》でできた大変粗末なつくりではあったが、その周囲では、ニワトリが餌をついばみ、山羊《やぎ》と牛が草をはむ大変長閑な風情であった。急に家に残して来た家族の顔が浮かび胸が詰まるも、気を取り直して愛しい娘の為に戦う事を改めて心に誓った。

「お尋ね申す。ここはサマラ殿の家に相違ござらぬか？　キヨム殿、リピト殿は御在宅であられますか？　私はトヨステと申す者、隣村より訪ねて参りました。私の話を聞いて頂きたくて参上致しました」洒落気の無い杉板の扉が開き、中から二人の子どもが現れた。細身で色白の兄らしき者が大人顔負けの丁寧な言葉遣いで応じた。木戸を開け、家畜の居る庭へ迎え入れ、丸太で設《しつら》えた簡単な椅子に客人を誘導した。太目で色黒の弟は、手際よく、近くで湧水を汲み、それを客人に差し出した。冷たく甘露なる水が彼の喉を潤した。一息つくと男は今までの経《いき》緯《さつ》を事細かく説明し、娘を救い出して欲しいとの望みを、切に哀願したのである。

「相、わかり申した。できるだけの事はしてみましょう。ただ、両名ともまだ年端もゆかぬ未熟者故、子を持つ親御さんの気持ちを、全て理解するのは困難であります。が、罪無き子どもを殺める者を、たとえそれが天界の者であったとしても断じて許すわけには参りません。私と弟リピトの力が及ぶかはわかりませぬが、しかしできるだけの事はやってみましょう。但し、この度《たび》の件は、天界（天上界）と下界（地上界）の二界を跨《また》ぐもの、故にお釈迦様にもお許しを請わねばならぬでしょう。娘さんの安否も気になりますので早速、お釈迦様にお会いする算段を探ります。しばしの御辛抱を……」

下界（地上界）の者が釈尊に目通りする事など到底叶うものではない。しかしキヨムは並はずれた眼力の持ち主、しかと釈尊の御心を読んでいたのであった。

彼が以前、野盗から村を救った折、褒美として長老より頂いた経典があった。今では一言一句間違えることなく読み、意味を理解する者となっておった。まずは弟を呼び、納屋にあった大きな乾いた薪を四半分に割らせ、十五間《けん》程の長さにわたり、何層にも敷き詰めさせた。そしてその上から油で燃え盛る種火を焼《く》べた。すると瞬く間に火焔《かえん》の川が生じ、唸り声を上げ燃え盛った。そこをキヨムは顔色一つ変えず経を唱え、渡り始めたのだ。驚いたのはトヨステで、我が目を疑った。自分の娘や子ども達の為とは故、眼前でこのような荒業を施す幼子の姿を黙って見過ごすわけにはいかず彼は止めに入ろうとした。しかし後ろから小さな指で掴まれて一歩も動く事ができなかった。

「兄者の行いを邪魔してはならぬ。何か考えがあっての事故《ことゆえ》、手出しは無用です」

リピトの太くて小さな指は、大人のそれの半分にも満たない。しかしこの指で袂を掴まれたトヨステは微動だにできなかったのである。この兄弟の正に次元を超えた計り知れない力を目の当たりにした時、彼の心の中では、恐ろしさと共に、何やら頼もしい存在かもしれぬといった期待に近いものが湧き上がって入り混じったのも事実であった。キヨムが涼しげな面立ちで火焔の川の半ばに差し掛かった時である。にわかに天が掻き曇り、雷鳴と共に石をも穿《うが》つ大粒の雨が降り注ぎ燃え盛る炎を掻き消してしもうた。間もなく、立ち込める暗雲に大きな風穴ができたかと思うと、金色の光が一筋、矢のように放たれた。すると次の瞬間、キヨムの前には黄金の袈裟をまとった優しい顔の大男が立ちはだかっておった。幼きキヨムからすれば山のような巨人に見えたに違いない。全くひるむ様子を見せないキヨムにその大男は腰を屈め何やら話をしているようであった。五間《けん》程離れた十分に声が届く所におった筈のトヨステにも、彼を押さえるリピトの耳にも何も聞こえては来なかった。しかし大男の口は確かに動いていたし、それに応じてキヨムも一つ一つ丁寧に応えているふうであった。二人は多分、神通力のようなもので会話していたに相違ない。しばらくして再び大きな雷鳴が響き渡り、何と稲妻が大男の頭上に落ちた。目映い光に、一同、両手で目を覆《おお》い、恐る恐るその手をはずした。当然そこには、真っ黒に焦げ朽ちた大男が横たわっている筈であったのだが。しかし、その場には何の痕跡も残ってはいなかった。正に人智では計り知れぬ現象が、眼前で生じた事を示していた。

雨によって、火はすっかり鎮まってしまってはいたが、キヨムはお構いなく残りの経を再び唱えはじめ、その川を渡り終えた。笑顔を浮かべ彼の方に戻って来てこのように告げた。

「トヨステ殿、御安堵召されよ。先程私の目前に現れたお方は、目連上人でございます。お釈迦様のお遣いで参られたのです。その方が申されるには、既に釈尊は、私達兄弟を御存知であり、信頼を寄せて下さっているとの事です。そして我が子可愛さの為とは申せ、夜叉なる者が人の子を食らうなど、非常に罪深い所業であり、天界、下界の区別なく、決してこのまま捨て置くわけにはいかぬと……。

私もこの後、お釈迦様には直にお会いするつもりでおります。が、今は急を要する上、すぐにも出立《しゅったつ》せねばなりません。鬼夜叉が童子を連れ去ろうと下界へ降りて来た時が好機でありましょう。今、その者が狙いを付けている村は貴方の村でしょうか？　できればそこまで案内をお願い致します。ただ心配なのは、今《この》度《たび》の悪業を一旦は止めても、彼女は逃走を図り、再び残虐な殺戮を繰り返す事です。これを阻止するには私も天界へ昇らなくてはならぬと思います。また、彼女の夫は武勇の誉れ高き夜叉大将パーンチカです。易々と奥方を差し出すとは思われません。むしろ擁護され、私達を攻撃することでしょう。

しかし、如何なる難題が待ち構えていようとも、世（両界）の道理に合わぬ事を決して許すわけには参りません。さあ、こうしていても始まらず一刻の猶予もありません。すぐに出立の準備を致しましょう」

二人の幼き兄弟は、両親宛てに、しばしの別れの手紙を認《したた》めると、簡単な身支度を施し、トヨステを案内人に、彼の村へ向かった。

キヨム十歳、リピト五歳の夏であった。

時に、鬼夜叉の格好の的となり最悪の被害を出していた村は、トヨステの住む山麓の村であった。ミナエが攫われて既に五日、ここのところ毎日のように幼き子が姿を消すようになっておった。この災禍の為に人心は乱れ、憔悴《しょうすい》し切ったこの村からは、作物や薬草を育てたり、材木を切り出すといったものづくりへの躍動感はすっかり影を潜めてしまっていた。夕刻になると、村の衆が長の家へ集まり、策を立てる寄り合いが持たれるようになっておったのだが、一向に名案が浮かばずにいた。暗雲たれ込む話し合いの中に三人が入った来たのである。長《おさ》はトヨステに向かって尋ねた。「よう無事に帰って来おったのう、トヨステよ。して、神隠しの犯人はわかったのか？　ところで連れの二人の子どもは一体何者じゃ。ミナエの代わりに養子でも、もろうたのかのう？」

「村長《むらおさ》殿、わしは白老仙人、それから大山へ登り清泉の主、ヒキガマ様にもお会いすることができました。そのお二人から色々なお話を伺うことができました。そしてとうとう、この村で起こっている神隠しの正体を突き止める事ができました」一同は静まりかえり、期待と不安が入り混じる中、次にどのような言葉が飛び出すか、彼の唇を凝視していたのだった。

「口に出すのも憚《はばか》られるのですが、子どもを攫うのは、天界に住まうハーリーティーとの者。本来仏教を守護する筈の夜叉である。五百人を超える御子に乳を与える為に人の子を食うようになったのです。残念ながら、わしら人間がとても太刀打ちできるような相手ではないとわかりました。わしの娘も、もう手遅れかもしれない。悔しいではありませんか。今でも娘はきっと生きとると信じておりますが、泣き寝入りなどしとうございません。愛する娘や他の子ども達の仇だけはとってやりたいと願いました。するとヒキガマ様は、騙されたと思って昨今、仏の生まれ変わりと噂される兄弟を訪ねてみよと、仰せになり、こうしてこの御二人をお連れしたのです」全ての者が、その報告を受け、大きな溜め息を洩らした。そして落胆した頭をもたげ彼が連れて来たという幼子の顔を再度見た途端、怒りにも似た感情が込み上げて来たのだろうか不可解な微笑となりそれを彼等に浴びせたのである。

「トヨステよ、乱心してしもうたか？　天界の者に立ち向かうに、このような小さな子どもが役に立つと思うてか？　なる程、その者達を生贄《いけにえ》として捧げるつもりなのじゃな」彼は顔を真っ赤にして皆を睨み付け、こう言い放った。

「このお二人は、兄者がキヨム、弟をリピトと申されて、確かにまだ幼少であられるが、想像もつかぬ大きな力をお持ちなんじゃ。おらがこの目でしかと見定めたのだから間違いはない。無礼な言葉は許さん！」

彼が二人の名前を告げた時、村長《むらおさ》を含め数人の者は、この兄弟の噂を思い出しておった。村長は皆に呼びかけた。「皆の衆、わしはこのお二人の名を聞いた事がある。昨年の事じゃ、ここいら一帯を荒し回っておった盗賊から隣村を救った兄弟のことを。皆も覚えておるじゃろう、確か、兄をキヨム、弟をリピトと言いおったがな。そういう訳であったか。トヨステが連れて来られたお方がその二人であるとしたら、本当に有難い。失礼の段、平にお許し下され。ただ、無礼を顧みずにお二人に尋ねるが、今度《このたび》の相手は人間ではないという。いくら力がおありであろうと、天界の者に立ち向かう事ができるのじゃろうか？　第一、逆らったりして、天罰でも下りはせんかのう？」

背負っていた荷物をおもむろに下ろしたキヨムは、落ち着き払った表情で穏やかに語り始めた。

「本来、神は仏を守護する者です。従ってその神が仏の御心に背くことなど決して許される事ではありません。もしもそのような者がいたとしたなら、それは既に神ではなく、天界に留まる資格もなく追放されるでしょう。仏は、生きとし生けるもの、その全ての命は尊いと説かれてきました。ましてや、汚れなき幼子の命は極めて尊いものであり、それを奪うなどとの暴挙をお許しになる筈がないのでございます。先に、お釈迦様の遣いとして参られた目連上人様が私奴に『釈尊は、天界と下界を跨いで起きているこの忌まわしい出来事を黙って見過ごされるわけにもいかず、大変胸を痛めておられる』とおっしゃられた。慈悲深いお釈迦様は、ハーリーティーに改心の機会を与える事を望まれ、それには、下界の者が直接諌《いさ》めるのが肝要であると申されて、私共を指名されたのです。私達の持てる力が天界の者に通用するか心配です、とお話をしたところ、『我が思い、功徳の力となりて、そなた等の守護と成す』と申されたそうです。私も弟も決死の覚悟でここに参りました。皆様方も、どうか力をお貸し下さい……」

どよめきにも唸り声にも似た声がその場に広がった。眼前の幼い二人で大丈夫であるのかという疑念と、今さら誰に任せようがこれ以上悪くなりようがないといった諦めに近い感情とが入り混じっていたに違いなかった。

「ようわかり申した。わしらは貴方方に何もかもお任せ致します。お手伝いできる事があれば遠慮のう申し付けて下され」

「早速ですが、三つ程揃えて頂きたいものがございます。一つ目は、ハッカ草を一束摘んで来て頂きたい。二つ目は繭玉を四つ、最後に、大きな空の瓶《かめ》を一つ、お願い致します」聞き終えるやいなや、村の若衆は三方に分かれ、キヨムが要じたものを調達しに出かけた。それから二時《ふたとき》も経たぬ内に三つの品物がキヨムの前に届けられた。その間に、彼は村の長から、海辺の村からこの村まで波及して来た悲惨な事件の様子を事細かに聴き取っていた。そして今晩、必ずや血に飢えた夜叉が現れる事を確信したのであった。少なくとも今宵は、夜叉の目が村の子どもに向かわぬように、リピトを囮《おとり》に立てる算段を練り始めた。「これまでの話を合わせてみると、夜叉はことさら目立つ事は避けて来たようです。何らかの方法で親を眠らせておいて、気付かれぬように子を攫う。そしてすぐに姿を晦《くら》ますことができる森へと逃げ込みます。

子の所在は、子ども特有の匂いと、大人より速く打つ心の臓の鼓動で察知すると推測します」キヨムは、自信に満ち溢れた態度で練り上げた策をさらに披露した。「今晩も、夜叉は子どもを捕らえにやって来るでしょう。しかし今回奴が狙《ねら》うのは、私の弟、リピトです。彼に狙いを定めるよう仕向けるには、他の幼子は全て隠さねばなりません。皆を村の寄り合い場に集めて下さい。そして、煌々と火を焚いて大人の輪の中に入れ、子どもの匂いがせぬように囲い込むよう、お願いします。さすれば同時に子どもの鼓動は大人のそれに掻き消されてしまうでしょう。眠気を遠ざけるには互いの気を引く話が一番。しゃべりが途切れぬよう、何か面白い雑話で繋いでいて下さい。それでも駄目なら互いにつつき合ってでも周りを刺激して、兎に角起きていて下さい。夜叉は、そのような集団の中に子どもが居るとは気付かずに通り過ぎる筈です。それでは、森に一番近い小屋を私達に貸して下さい。弟と二人、そこで夜叉を待ち受けます。何があろうと、決して手出しは無用です。さもないと村人に危害が及ぶ事になるでしょう」

夜は次第に更けていく。闇は深くなって森は青黒く浮き出《い》でる。その一番奥深き所でコノハズクが規則的なつぶやき声を発すると、小さな小屋では兄弟が向かい合った。

兄は弟にこれからの作戦を伝授し始めた。

「お前を危険な目に遭わせる事は、兄として大変忍びない。しかし、知っての通り村の幼子をこれ以上犠牲にはできぬ。お前の力を貸してくれ。そして今から言う事を頭に叩き込むように。まず、今宵、我々は煮出したハッカ水を飲む。これは眠気をとる策じゃ。夜叉が来た折、寝入ったふりを見せるも決して寝てはならぬ。ジッと奴の動きを見定めよ。子ども達がどこに連れ去られたかを知る為に、なすがままにされておれ。私が必ず後から追いかける。その目標《めじるし》に、村人から頂いた繭玉四つをお前に渡す。全てほぐして糸と成せば一里を越える。山中のどこかに、天界と下界とを繋ぐ出入口がある筈じゃ。それをしかとつきとめるのだ。首尾良く天界に昇ったなら、すぐに夜叉を捕らえるのではなく、五百を超える奴の子の居場所を突き止め、その中でも一番溺愛する者を手懐《てなず》けよ。そして私が参るのを待て。戦い焦るでないぞ！　同時に自分の命も守れ。そうさな、夫のパーンチカが出て来る前に何とか片を付けねば、面倒なことになるかもしれぬのう！」

「合点した。兄者を繭糸《けんし》で誘導し、大人しく待っておる」「お前、恐くはないか？」「微塵も！　それどころか何やらワクワク致します。村の子ども等の仇はきっと取る。久し振りに腕が鳴り申す」

二人は、山際《ぎわ》の小屋で待っていた。トヨステの娘の時は大胆にも昼過ぎの明るい内であったが、待っている時は中々現れぬもの。夜叉は、四ツを回った頃やっと山深い秘密の通路から出て来た。初めに真っ暗闇に一際煌々《こうこう》と光が灯った寄り合い場に向かったのだが、どうも大人の匂いしかしない。また、子どもの鼓動も聞こえぬ。しかしいつもと様子が異なるのを覚え、辺りを行ったり来たりしておった。

そのような状況を察したキヨムはリピトに小屋の外へ出て用をたすよう命じた。訳もわからずリピトは今まで溜まっておった小水をここぞとばかりあちこちの木に振り掛けて戻って来た。夜叉はすぐに幼子の匂いを嗅ぎつけ、兄弟の居る小屋へ矛先を向けたのである。既に、四ツ半をまわり子《ね》の刻に達していた。二人は寝息を立てていた。音もなく裏木戸が開き、鋭敏なキヨムの鼻は瞬時に人肉香のするザクロの香りを感じ取っていた。そしてリピトも冷気が部屋に侵入した事を肌で受け止めていた。天井をつくような大女がこちらの様子を窺っているようであった。ハッカ水を飲んでいた二人は、しっかりと覚醒していたのだが、寝息を立てる演技は超絶を極め、まんまと女は騙された。その時リピトは、夜叉が放つザクロの香りの中に、眠りを誘引する物質が含まれている事を悟った。そして正に計算通り、五歳のあどけない寝顔を晒したまま、リピトは攫われて行ったのだ。キヨムは、床から飛び起き、後を追った。ところが、カモシカに譬えられた彼の足をもってしても浮遊するかのように林間を抜けていく大女に追い付くことは叶わなかった。差は見る見る内に開いて行った。「まずい、このままでは見失ってしまう。そうなれば、天界へと通じる穴を見つけることが困難となる」そう諦めかけた時、リピトが放った繭糸に夜霧がからみ付き、さらにそれが水滴となり月光をみごとに反射させて彼の向かうべき方向を指《さ》し示してくれていたのである。銀光の道標《みちしるべ》は森の奥へ奥へと続く、何人《なんぴと》も分け入ったことがない、うっそうとした茂みの中へと導いて行く。足元の土が深まる茂みの濃さに応じてその湿り気を増していくのがわかる。千間《けん》程走ったであろうか。頂に近づいた所で急に景色が様変わりをした。目の前が急に開《ひら》け、辺り一面がゴツゴツした岩場に変貌したのだ。しかし残念な事にリピトの道標はここで途切れていたのであった。繭玉一つをほぐしただけでもその糸の長さは一里の四半分にも達する。彼に持たせた玉は四つ、ここまではまだ半里も移動していないとすれば、明らかにここで糸は切られたのだった。道標が露見したに相違ない。夜叉の虜となったリピトは一体どこに消えたのだろう。キヨムは今まで味わった事のない大きな不安を感じたのである。早く入口を見つけねばリピトが危険に晒される。焦る心を抑え、彼は冷静に思考を巡らせていた。「リピトは普通の子どもではない。繭玉が見つかったとて、必ずやこの私に手掛かりになる物を残してくれている筈。早く見つけてやらねば！」大きく肺に息を吸い込み、頭に新鮮な空気を送り込んだ。そして、月明かりに浮かぶ岩々を眺めた。父が日頃から兄弟に言っている事を思い出していた。〝何を成す時も、五感を研ぎ澄ましなさい。すると事は良方に運ぶものだ〟と、何度も聞いたはずのその諭しを忘れていた事に苦笑いをし、ジッと目を閉じてみたのである。すると今まで視覚のみで追いかけていた己の浅はかさに気付かされた。彼の鋭い他の感覚は明らかにリピトが向かった方向を感知しだしたのだった。彼の鼻孔粘膜をハッカ臭が刺激したからである。彼は己の鼻を頼りに先へと進んだ。四方八方に立ち並ぶ岩の中に蔦《つた》の生い茂る大岩が開《はだ》かった。するとその下方よりハッカの香りが強烈に漂って来おった。閉じていた目を開《あ》け、凝らすと、そこには、人の目を欺く為に野草でしっかりと覆われていたが大きな穴が開いていた。その入り口にリピトの嘔吐物がこんもりと湯気を立てていたのである。ここが天界へ通ずる入り口に相違ない。穴は大女でも通れる程大きかったが、周りのどこにも手や足を掛けるような凹凸は見当たらない。ここに落ちれば、底に着いた時には五体はバラバラに砕け散る。しかしリピトを案ずる一心で、彼は運を天に任せ漆黒の口腔めがけて飛び込んだのである。穴は底無しの様を呈し、地中深くどこまでも吸い込まれて行く。進退窮《きわま》れりと思った瞬間であった。想像もできない事であるが、一転して宙に浮くような感覚を覚えると、体はそのまま反転し、ものすごい速さで上昇しだしたのである。全くの闇の中、我が身と周りとの位置取りを確認する事は叶わぬまでも明らかに沈む方向から昇る方向へと転換したのは確かであった。これこそ、天界に昇る道に違いないと心の中で確信をしていた。

半時もすると体の上昇が止み、穴の反対側の果てに達していた。脇からはキラキラと眩いばかりの光が差して来て、天界に辿り着いた事を悟ったのである。

初めて目にした天界の光景は、正に驚きの連続であった。下界に棲息する生き物の全てを有しておったが、大蛇が竜に、鶏が鳳凰に、鹿と牛と馬等が麒麟へといった具合に、下界のものが神格化した状態で存在しているのである。ヒキガエルであったヒキガマ様が迎え入れられたのもきっとそのような理由からではなかろうか。兎に角、草木も花も動物も、生き物全てが美しく、流れる空気の落ち着きも含め仏や神は勿論のこと、そこに生きる者の身の熟《こな》し、表情、その全てが豊かさを誇っていた。

逆にこのような一抹の不安もない世界というものは、煩悩の塊である人間の世界からしてみると、いささか味気のない、加えて不自由さを感じずにはいられないのではないかと、穿《うが》った見方を彼はしていた。

人間の社会には表と裏があり、この二つの景色を無自覚の内に見せられている。何と、予想だにしなかった事だが、ここ天界においても隠された領域がある事に気付かされた。リピトが残したハッカの香りは、正にその暗澹《あんたん》たる世界へと彼を誘《いざな》ったのである。

朱と金色に彩られた伽藍を抜け出た所に、天界の住人達が排泄した物を含め、不要なものを廃棄するための処理場があったのだ。ここだけは周りの景色とは不釣り合いな粗末な土塀で囲まれていた。汚物を流したり、不要となった物を燃やしたりするは、下界と少しも違《たが》わなかった。キヨムは自問していた。この世には、美と醜、清と濁、善と悪……というように、恰《あたか》も表と裏の二極のものが存在しているかのように思える。果たしてそうであろうか？　突き詰めるところ、全てのものは、根元的には一続きであり、二極に分け隔てることができるものなぞ何一つ無い。との結論を導いていたのである。そして〝今までの自分は、己の目でものを見るにあらず。誰ぞに見せられていたに過ぎない〟そう悟ったのである。

ここでは建屋も大きな石と煤《すす》けた木でできた粗末なつくりであった。そして中では、きっと地獄から送られて来たに違いない邪鬼共がせわしなく動き回っておった。何とも言えぬ異様な臭いに混じってどこからかハッカの香りがする。恐らく子どもを攫った夜叉は、疚《やま》しさを隠すためここへ逃げ込んだに違いなかった。

天界のこの厠所《かわやどころ》（処理場）にも門番らしき者が立っておった。キヨムの容姿は、ここの世界の者と比べても見劣りがするどころか、むしろどこの誰よりも美しい存在であった。従って門を潜《くぐ》り抜けるのを咎《とが》める者はいなかった。

「童子様、足場が悪いのでお気を付けて……」

挨拶まで受けて堂々と中に入って行った。

汚物を流す川を渡り、暫く行くと、古着や古道具を捨てる館から僅かにハッカの残り香が漂いリピトの声がした。

「兄者、私はここにおります。兄者が来られるのを一日千秋の思いで一カ月も待っておりました。道標に使った繭玉は途中で夜叉に見つかり取り上げられました。生意気な奴だと、その場で殺されそうになりましたが、『自分は山羊《やぎ》ばかり食べて育ち、筋肉ばかりなので食しても吐き気がする程まずい。それより、色々な遊びができて子どもから喜ばれる筈だ。子守りに最適です』と話し、取り入ったのです。

それにしても夜叉の子の数は多く、五百二十三人もおります。その中で私が子守りするのは男児のみ、他に一人だけ女児を担当する者がおりました。中々の切れ者で、うまく立ち回って殺されずに済んでおりますが、確か名前はミナエと呼ばれておりました」

「お前が無事で安心した。私はすぐにお前を追いかけここまで来たのだが、途中道標がなくなっていたので、夜叉に見つかったと思いとても心配しておった。天界と下界には、時を刻む長さに明らかな差があるのだろう。既にお前が一カ月間も待っていたとは信じ難い。いずれにしても、この期間に夜叉が最も溺愛する子を見つけ出しておるか？」

「勿論です。その子は誰が見ても明らかです。他の子が嫉妬するぐらいの可愛がりようですから、その子は末っ子のピンガラと申す者。一番ヤンチャで手が掛かりますが、両親の溺愛振りと言ったら端《はた》から見ても呆れてしまいます。乱暴者ですから丁度私と気が合って懐《なつ》いていています」

「では今夜にでも決行じゃ！　その幼子とミナエを連れ出し、子《ね》の刻四ツ半、例の穴で待て、私はこれから夜叉についてもう少し調べて参る。刻限を決して間違えんようにな！」

そう言い残して、兄は、夜叉の様子を探るために厠所を出た。ハーリーティーは夫のパーンチカ大将と共に、五百二十三人の子ども達に囲まれ仲睦まじく生活をしておった。そしておよそ半分がまだ乳飲み子である事が判明した。二人が住まう大きな屋敷の中には、二十人もの下男や下女がおり、使いに家から出て来た数名の者より家中の様子について窺った。彼等の話によると「奥方には二百六十人の乳飲み子がいて、毎日せっせと乳を与え育てている。自分達が給膳する栄養だけでよくあれだけの乳が出るものだと話題となっている。何やら隠し事があるような気がするが恐ろしくて口に出す者はいない。ただ、いつもどこぞへ行っていて屋敷には大分遅くにならぬと、戻っては来ないようだ。使用人の一人が、厠所の門から出て来るのを見かけた」そのような内容であった。キヨムの頭の中には、一つの筋道が成り立っていた。夜叉ハーリーティーは、二百六十人もの乳飲み子を子育《こやす》ため下界へ行き、人の子を捕らえては誰にも怪しまれぬ厠所へ行ってはそれを食らう。そして十分に栄養を蓄えた後に、何食わぬ顔をして夫、パーンチカ大将の待つ屋敷に帰り、子どもにたらふく乳を与えるのだ。これまでに犠牲となった数多くの幼子の事を考えると今さらながら怒りが込み上げ、それを抑えるのに必死であった。

夜の四ツ半、兄弟は約束通り穴の前で落ち合った。そこには、リピトが屋敷より連れ出したピンガラと少女ミナエの姿もあった。ここへ来た時同様穴は大きく開いておった。そして四人は、躊躇なくその穴に飛び込んで行った。

一方、天界の夜叉の屋敷では、大騒動となっておった。一番可愛がっていた末っ子ピンガラの姿が見えない。子守り役のリピトを呼び出すも、彼の姿も跡形もなく消えていた。一番大切な息子がいなくなったと狂ったように暴れ出したから、お付きの者達は、恐怖に慄《おのの》いた。使用人の下《もと》にいた邪鬼達は、投げ飛ばされ、首や手足を引き千切られバラバラにされた。逃げ惑う使用人や邪鬼達、天界を凄まじい形相で捜し回ったが見つかるものではない。あまりの嘆き悲しみに、乳も出ないようになってしまった。そして怒りの矛先は、子守役であったリピトに向かったのである。

当のリピトは、既に、兄者と共に、ミナエを救い出し、夜叉の子ピンガラと一緒に下界に戻って来ておった。そして用意してあった大瓶《かめ》に彼を誘導したのだ。リピトに〝かくれんぼ〟と言われ、進んでその瓶に身を潜《ひそ》めたのである。そして、空気を必要としない天界の者ならばいつまでもジッとしていることができる。

さて、天界を隈なく捜し回るも愛児を見つける事ができなかった夜叉は、リピトが子を連れ去った事を確信し、下界に舞い降りて来ていた。子どもへの恋しさ、所在のわからぬ不安、さらにリピトへの恨みの三つが重なってその形相たるや、凄まじく、振り乱したる髪、燃え盛る見開いた目、耳まで裂けた口とそこから大きく伸びた牙、顔を合わせた者全てが凍りつく程であった。夜叉はその様相で三日三晩の間、倭国はおろか世界各地を捜し回った。が愛児を見つけることができなかった。憔悴し切っておった中で再び、愛児を攫って逃げたリピトへの恨みがフツフツと湧き上がって来たのである。「リピトを問い詰めれば息子の所在がわかる」そのように思い、今度はリピトを捜し始めた。最初に当たった所は、彼を攫った山小屋であったが、もうそこにはリピトもキヨムもいなかった。実は村人が、そこから半里も下った小さな小屋に二人を匿《かくま》っておったのである。しかし、ピンガラのように瓶の中にジッとしているわけにもいかず、水を汲みに小屋から出た時、夜叉に匂いを嗅ぎつけられたのであった。

「お主、よくもわしを謀《たばか》りおったな！　ピンガラの居場所を申せ！　正直に申さねば、即刻生皮を剥いで、八ツ裂きにして食うてやろう！」リピトも負けじと応ずる。

「お前は、何人の幼き子を殺めたのじゃ。ピンガラは私を兄と慕《しと》うておる。そんな児を私が殺めるとでも思うてか？」夜叉の目は益々釣り上がり、三鈷剣《さんこけん》を振り上げ襲いかかって来た。天界の者がその気になれば、岩をも砕き、林でも森でも吹き飛ばすこともできる。そして彼女の全ての力がリピトの胸元あたりに集中し息を吹きかけた。その圧力に彼は疾風のごとく飛ばされて山にめり込んだ。通常であれば即死であろう。しかし彼も尋常ではなかった。ポッカリと開《あ》いた岩穴からモゾモゾと這い出て来たのである。そして凄まじい勢いで夜叉目掛けて飛びかかっていった。大女が右手に持っていた三鈷剣を封じながらその右腕を両手で掴み、大きく振り回し始めた。

一周、二周と回す内にどんどんと速さも増していき、十周目には、そこに竜巻が生じた。それでも彼は手を離す事なく回し続けた。いよいよあたりの空気を誘い込み、舞い上がる内に雲となり、空は暗転した。この騒ぎに村人達は皆、家から飛び出して来て、事の成り行きを見守っておった。暫くして、天地を劈《つんざ》く音を立て見たこともない真っ赤な雷が二人めがけて落ちて来たのである。黒焦げになった大小二つの塊が地面に転がっておった。

村人達は皆、二人の壮絶な死を予感していたのだろうが、大も小のどちらも普通の者ではない。小さな塊は、恰《あたか》も木の芽が芽ぶくかのように、少しずつ太い手と足が伸びて来てゆっくりと立ち上がったのである。顔にこそそれ程の火傷は負ってはいないものの、背中も腹も全身赤黒く腫れ上がり、爛《ただ》れ行く寸前の様相であった。如何なる時も、冷静さを失った事のないキヨムであったが、この時ばかりは、「リピト、お前はまだ五つの幼子じゃ、この世でこれから味わうであろう喜びを何も知らん」と彼を抱きかかえて大声で泣き叫んだのである。止めどもなく溢れる涙が大地に溜まった。そこを目標《めじるし》に、キヨムはそばに落ちていた夜叉の武器三鈷剣を握ると勢いよく掘り広げた。するとどうであろう。不思議な事にそこから綺麗な水が湧き出《い》でて来たのである。そして、小さな池となり、弟を抱えたままそこに身を沈めた。

弟の体が水にスッポリと覆《おお》われ尽くすと、果たして、今まで焼け爛れていたリピトの体はみるみる生気を取り戻し、もとの肌に戻り始めた。但し少し黒さが増したようにも見えた。その様子を恐る恐る見ていた村の者は、心底、二人の兄弟の力を信じ崇めるようになっておった。そして池から溢れ出た清水は小さな川となり、病除けの清水として今でも枯れることなく、村に恵みを施しておる。

一方大女は、髪が全て焼け落ち、顔も体も赤黒く爛《ただ》れ、今までの悪業の報いを受けたかのような様相となった。しかし、彼女も下界の者ではない。桁外れの生命力で、スクッと立ち上がると両手で顔を覆って森に逃げ込んで行った。起き上がった瞬間に、その顔を垣間見た幾人かの村人は、その恐ろしい形相に三日三晩魘《うな》され続けたという。

天界に戻ったハーリーティーの変わり果てた姿に一早く気付いたのは他ならぬ夫のパーンチカであった。女房の哀れな変貌振りに驚きと怒りを隠せなかったが、まずは彼女の体を癒やす為に蓮池の傍らにある命の泉に連れて行き沐浴を施した。この泉こそ、不老不死で知られる、天界において全ての医を賄う唯一無二の療養所である。彼女は見る見る内に回復し、三日もすると髪の毛も元のように生え揃った。しかし、自分の悪業は語らずに、大事にしている末っ子のピンガラを、下界から来たリピトという小僧に攫われた事のみを伝えたので、事は大きくなってしもうた。夫の夜叉大将は、かつて毘沙門天の命を受け悪魔大王と戦った折の勢いで怒りを露わにした。主《ぬし》である毘沙門天に経緯《いきさつ》を語らず、ハーリーティーを連れ立って抜け穴も通らず天から直に下界へ降りて来た。パーンチカの降臨は巨大な嵐を伴った。山の木々は折れんばかりに大きく傾《かし》いで弱々しい低木如きは、悉《ことごと》く根刮《ねこそ》ぎ吹き飛んだ。周りにおった全ての生き物は今までに味わった事のない恐怖を覚え、じぃーと身を潜め、物音一つ立てず静かに成り行きを見守っていたのである。妻のハーリーティーはすぐに小屋で静養しておったリピトを見つけると夫に報告した。子守りを雇い入れた事は知るも、かつて一度も面識の無かった彼を間近に見定めた夫は、開いた口を塞ぐことができぬ程、呆れ果てた。リピトが自分の十分の一にも満たない小さな童子であったのを再確認したからである。

「小僧、お前か？　わしの大切なピンガラを攫いおったのは！　しかも、わしの妻に大怪我を負わせてくれたそうだな。どうしてくれようぞ。このわしは痩せても枯れても夜叉大将パーンチカじゃ。お前のような子ども相手に本気で戦うわけにもいかぬ。きちんと謝って、倅を返したなら、今度《このたび》の件は水に流そう。早くピンガラを、連れて参れ！」事の成り行きを息を殺して見守っておった村の連中は、リピトがこの提案に素直に従い、ここで事がすっかり収まるものと安堵していたが、その期待は大きく裏切られたのだった。リピトは声高らかに応えた。

「夜叉大将と申されたか？　偉いお方かもしれぬが、貴方は真相を全くわかってはおらぬ！　ご存知であろうが、私は今までそちらの屋敷で子守りをしていたリピトと申す。ピンガラは一番懐《なつ》いてくれた。そんな可愛い児にわしら下界の者は危害は加えぬ。世の道理を踏み違《たが》えたのは、貴方の奥方であるハーリーティーだ！　従ってこのまま黙って子を返すわけにはいかぬ！」この返答が終わるか終わらぬかの内に大将は大きく息を吸い込んだかと思うと次の瞬間、それを全て吐き出した。この息の大嵐に晒されたものは悉く吹き飛んだ。リピトの居た小屋も例外ではなかったが彼自身は途中で巨大な岩にしがみつき、大将の攻撃に耐え抜いた。いつもであれば、そこに兄のキヨムも居るところであったが運悪く、朝から弟の為に薬草摘みに裏山へ分け入っておったのだ。その大嵐が山の奥にまで吹きつけた瞬間、彼の鋭敏な感覚はすばやく異常を察知した。摘んでいた薬草を手早く籠に入れ住家に取って返したのである。小屋は跡形もなく吹き飛ばされておったが、その前では、リピトと夜叉大将が対峙しておった。彼は、弟の持つ無限の力を信じて疑わなかったのだが、今の弟は、大火傷の痛手を負ってやっと快方に向かい始めたばかりの、言わば病身の身であった。しかも相手は百戦錬磨の夜叉大将となれば分が悪過ぎる。キヨムは全ての血流を髪の毛より細い頭の血管に十二分に行き渡らせ、作戦を描き始めた。

「リピトよ、大将は、お前を殺しには掛からない。なぜならピンガラの所在をまだ突き止めておらぬからな。要《かなめ》を外して攻撃をする者には必ず隙が生まれる。その時が好機ぞ！　それまでは相手の攻撃を躱《かわ》して逃げ回れ、お前の速さに敵う者はどこにもおらん」

大将は確かに急所を外しながら攻撃を仕掛けておった。心配をして集まっておった村の者は皆、逃げ惑うようなリピトの動きを見て、やはり、リピトといえども天界から来た大将の前には歯が立たんと意気消沈しておった。大将の振るう一際重くて長い戟《げき》は彼の頬を掠《かす》め、岩に当たれば、それをも砕き大きな火花が飛び散った。その凄まじさに人々は震え慄《おのの》くばかりであった。前代未聞のこの攻防は天空にも響き渡り、天界の者達の知る所となった。

お釈迦様こそ、全てをお見通しになられる者。故に微動だにされなかったが、そこに仕える神々は、こぞって地上へ降りて来られ、今まで見たことも聞いたこともない、天界と下界の者の一騎打ちの場面を傍観したのであった。夜叉大将の主である毘沙門天をはじめ、東の守護神持国天、西の広目天、南の増長天も、小僧の戦い振りには驚きを禁じ得なかった。毘沙門天が隣で見ておった広目天に囁いた。「わしの片腕であるパーンチカ大将が相手《あいて》を組み伏せに掛かって、あのように手子摺《てこず》る相手《もの》を見たことがないのう。そなたもわかるであろう。あの小僧、大将の攻撃を完全に見切って、すんでのところで身を躱《かわ》しておる。焦《じ》れて隙を見せぬと良いのだが……」戦いが始まりかれこれ一時《いっとき》が過ぎようとした時である。

大将が自ら繰り出す攻撃にほんの僅かであるが疑問を抱いた。〝この小僧は一体何者なんだ？　急所を外した攻めではあるが、こうも上手《うま》く、自分の打撃を躱す者を見た事がない。腕や足の接触を一度もせずにわしの攻撃を受け切るとは？〟何とも言いようのない不気味さが大将の心に芽生えたのは確かであった。村人達はリピトの形勢悪しと、初めの内は見ておったが、小気味良い彼の動きを眺めている内に、こちらの方が一枚も二枚も上手なのではないかと思うようになっていったようであるから不思議である。大将の技《わざ》はその全てが洗練されていて無駄もなく、当たれば間違いなく敵の体を粉砕する程の威力であった。さらにその技を繰り出す速さは主《あるじ》の毘沙門天が舌を巻くものだった。今まで何者であろうとそれを躱すことはできなかった。しかし眼前の五歳になったかならぬかの子どもに思うように捌《さば》かれているのであった。天界の連中も次第に小切味よく立ち回るリピトの姿に共感を覚えたか、彼への声援が増えて来た。「頑張れ小僧、夜叉大将をやっつけてしまえ！」小僧への応援が高まった頃、そばに居て、二人の闘い振りを冷静に分析していたキヨムが、やっとのことで、大将の針の穴程の僅かな隙を見出していた。弟の動きを止める事を憚《はばか》って神通力で伝達する筈であったが、逸《はや》る気持ちが押し勝って声が出た。「リピト！　右足を回し、蹴りを繰り出した時、両目が塞《ふさ》がるぞ！」弟がチラッと兄者を振り返り微笑んだ瞬間、戟《げき》の竿尻が正確にリピトの胸を捕らえてしまった。小さな胸が大きく凹み、口から血を吐いた。吐血しながらも彼はジッと待つ、大将の癖は、戟《げき》を振るった次に右足の回し蹴りを出す事。そして好機は次の瞬間に訪れたのだ。大将の目はリピトを追ってはいなかった。彼は頭から猛烈な速さで突進し、相手の左脇腹に、自分の石より固い頭突きを見舞ったのである。その衝撃たるや凄まじく、大将はそばにあった杉の大木を三本もなぎ倒し、大きく尻餅をついた。一方リピトは、肋骨に大きな損傷を受けたが折れて肺に突き刺さる程の大禍は免れておった。

「止《や》めい！」

毘沙門天の雷鳴のごとき大きな鶴の一声。

二人を制止したのである。

「小童《こわっぱ》、みごとじゃのう。わしの片腕であるパーンチカに一撃をくらわすとはのう！　そちらは一体何が原因《もと》で、天界・下界をまたぎ争っておるのじゃ？」

パーンチカの戟《げき》を胸に受けたリピトは呼気も整わず、声を発する事ができない。そばにて戦況を見守っていた兄のキヨムがつかつかと歩み出《い》で彼の代わりに説明を請うて出た。

「私はこの者の兄、キヨムと申す者。お身成り等、お見受け致すところ天界の毘沙門天殿と推察致します。戦いに至る経緯《いきさつ》、私奴がお話しいたします」

下界の者が天界の神々に対して、対等な物の言いようをするなど断じて許される作法ではないのだが、毘沙門天をはじめ天・下界を問わず、その場に居合わせた全ての者は、キヨムの丁寧であるが少しもへり下らぬ言葉遣いに不自然さを感じてはいなかった。彼《か》の毘沙門天もこの二人の兄弟に対して、将来は自分も及ばぬ尊い存在になるであろう事を感じ取っていたのであろう。

「貴方の御家来衆の一人である夜叉大将パーンチカ殿には、御存知でしょうが、ハーリーティーという奥方がおられる。彼女は毎日のように下界に降り立ち、村における小さな幼子を捕らえては天界に持ち帰り、その子を食うのです。己の乳の糧とし我が子を養うためです。二人の間には子が五百二十三人もおり、その半分がまだ乳飲み子と聞いております。我が子可愛さの為に人の子を殺すなど、決して許されることではありません。襲われた子の親の嘆きは想像に余りあります。そこで私達兄弟は一案を講じたのです。無礼を顧みず我が弟をハーリーティーに捕らえさせ、天界の状況を探りました。弟は、言葉巧みに彼女に取り入って食べられるのを免れ、さらに子守り役に抜擢されて、子どもの世話を一カ月間いたしました。専ら男児を担当しておったそうで。すると以前に攫われて来たミナエという女児も生きていることがわかったのです。彼女は賢い子で、女児専門の子守役として生き残っておりました。

自分の子の為であれば人の子を食《くろ》おうてもよいなどという不届き千万な事を断じて許すわけにはいかず、彼女に罰を与えんが為に寵愛するお子を攫ったのです。親の苦しみを身をもって味わわせる為にした事です」

毘沙門天はキヨムのこの話を信用し、黙って頷《うなず》くとパーンチカに向き直り「どうじゃ、話がわかったなら、わしらの出る幕ではなさそうだな。後は、このキヨムに任して天界に戻ろう。それからパーンチカよ、お前は妻の不届きな所業を、正直にお釈迦様に報告をし、謹慎をせよ！」

神々は静かに天へと昇って行った。

大女のハーリーティーはキヨムとリピトの前に平伏《ひれ》してさめざめと泣いた。

「どうか私の可愛い息子ピンガラをお返し下さい。二度とこのような事はしないと誓います。夜叉の子とはいえ、あの子も一週間も乳を飲まずにはいられません。……」

キヨムは、いつもの冷静で涼しい目に戻り優しく語り始めた。周りで見ていた者は、皆、その時の彼の表情がお釈迦様と瓜二つであることに気がついていたのである。

「夜叉殿、人間は、貴方のように何百人もの子を授かることはできませぬ。貴方が奪い去った子の中には、一人子であった者も多数おりました。貴方は五百二十三人もの御子が居て、その一人でも失えばこのように心配をし、嘆き悲しんでおられるのに、人間の親の苦しみがどれ程深いものであるか想像できるでありましょう。亡くなってしもうた子は帰っては来ませんが、これから先、貴方が心から改心し、人の為に善行を成していくと誓うならば、御子をお返ししましょう。あの子は、我が弟に大変懐いております。弟は、このように可愛い御子を殺《あや》めようなどと思った事など微塵もありません。今度《このたび》の一件は、以前から、お釈迦様も心を痛めておりました。私に貴方の改心を託されたのです。天に昇って帰依されよ！

さあ、この大瓶《おおがめ》の中であなたの息子が眠っております。愛しい気持ちは人間とて同じ事、肝に銘じて下されい。呉々も約束を違《たが》わぬように～」

夜叉は、大きく頷くと、大瓶《おおがめ》から息子ピンガラを抱え出し、頬擦りをしながら、ゆっくりと天に昇って行った。

リピトと一緒に天界から逃げて来た賢いミナエも無事トヨステのもとに戻された。

トヨステをはじめ村人の感謝は、人語に言い尽くせぬものであった。

二人の兄弟は、トヨステの住む山麓の村に別れを告げ、帰路についたのであった。

その後、トヨステは或る寄り合いの席で、村の衆に一つの提案をした。「どうだ皆の衆、我々が今日こうして平和でいられるのは、命に替えて夜叉から子ども達を守って下さったあの幼い兄弟のお陰だ。神をも恐れぬ戦いぶりからして、仏様の生まれ変わりに決まっちょる。子どものお姿だから地蔵菩薩様だろう。時代が移ろうが、お二人にこの村を見守って頂けるよう、御兄弟の像をお創りしよう。何かあった時、それを拝めば、きっと助けに来て下さる筈じゃ。どうだろう。ヒキガマ様の清泉の辺りに御堂を建て安置するというのは？」

以来この二体の地蔵菩薩様は、仲良く並んで村を見守り続けたという。

今でも子ども達は口吟《ずさ》む。

♬リピトとキヨムはおじぞうさん
二人仲良くあそんでる

日本の民を救うため
二人そろって旅に出た♬

完

瀧　祐二（たき　ゆうじ）

1953年　東京都港区生まれ
1976年　早稲田大学卒業
洗足学園大学付属中学校・高等学校講師
相模原市立　相陽中学校・旭中学校・上鶴間中学校教諭
相模原市立　教育委員会指導主事
相模原市立　緑が丘中学校教頭・校長
相模原市立　相武台中学校校長
相模原市立　富士見こどもセンター館長を歴任

挿絵　後藤いづみ

兄弟地蔵

2021年3月16日　初版第1刷発行

著　者　瀧　祐二
発行者　中田典昭
発行所　東京図書出版
発行発売　株式会社 リフレ出版
〒113-0021　東京都文京区本駒込 3-10-4
電話 (03)3823-9171　FAX 0120-41-8080
印　刷　株式会社 ブレイン

ISBN978-4-86641-396-9 C0093
Printed in Japan 2021